Nous remercions le ministère du Patrimoine canadien,
la SODEC et le Conseil des Arts du Canada
de l'aide accordée à notre programme de publication

 Patrimoine   Canadian
canadien   Heritage

Le Conseil des Arts   The Canada Council
du Canada   for the arts
depuis 1957   since 1957

ainsi que le Gouvernement du Québec
– Programme de crédit d'impôt
pour l'édition de livres
– Gestion SODEC.

Illustration de la couverture
et illustrations intérieures:
Gérard Frischeteau

Édition électronique:
Infographie DN

DANGER

LE
PHOTOCOPILLAGE
TUE LE LIVRE

Dépôt légal: 2ᵉ trimestre 2002
Bibliothèque nationale du Canada
Bibliothèque nationale du Québec

123456789 IML 098765432

Le meilleur ami
du monde

COLLECTION
PAPILLON

DU MÊME AUTEUR
AUX ÉDITIONS PIERRE TISSEYRE

Collection Sésame
Tibère et Trouscaillon, 2000.

Collection Papillon
Serdarin des étoiles, 1998.
Le collectionneur de vents, 1999.

Collection Conquêtes
Wlasta, 1998.

Collection Chacal
Non-retour, 2000.

Aux Éditions du Boréal
Le peuple fantôme, 1996.
Le rêveur polaire, 1996.
Chasseurs de rêves, 1997.
L'œil du toucan, 1998.
Le chien à deux pattes, 1999.
La machine à manger les brocolis, 2000.
Les voleurs de chaussures droites, 2000.
L'inconnu du placard, 2001.
Le cerf céleste, 2001.
Le secret de la mère Thume, 2001.

Aux Éditions M. Quintin
Une vie de fée, 1996.
L'argol, et autres histoires curieuses, 1997.
Terra Nova, 1998.
Le monstre de la nuit, 2000.
La tortue célibataire, 2001.
Où sont les ours ?, 2001.
Malourène et la reine des fées, 2001.
Malourène et la dame étrange, 2001.

Le meilleur ami du monde

roman

Laurent Chabin

**ÉDITIONS
PIERRE TISSEYRE**

5757, rue Cypihot, Saint-Laurent (Québec) H4S 1R3
Téléphone : (514) 334-2690 – Télécopieur : (514) 334-8395
Courriel : ed.tisseyre@erpi.com

DU MÊME AUTEUR *(suite...)*

Aux Éditions Hurtubise HMH
L'assassin impossible, 1997.
Piège à conviction, 1998.
L'araignée souriante, 1998.
Sang d'encre, 1998.
Zone d'ombre, 1999.
Série grise, 2000.
Partie double, 2000.
La valise du mort, 2001.
Vengeances, 2001.
La conspiration du siècle, 2002.

Aux Éditions Héritage
Silence de mort, 1998.

Données de catalogage avant publication (Canada)
Chabin, Laurent, 1957-

Le meilleur ami du monde

(Collection Papillon ; 84)
Pour les jeunes de 9 ans et plus.
ISBN 2-89051-817-5

I. Titre II. Collection : Collection Papillon (Éditions
Pierre Tisseyre) ; 84.

PS8555.H17M44 2002   jC843'.54   C2002-940217-4
PS9555.H17M44 2002
PZ23.C42Me 2002

1

Mon meilleur ami

Ma mère croit que je suis folle parce que je parle toute seule.

Je fais très attention, pourtant. J'attends toujours d'être dans ma chambre, la porte fermée, avant de parler.

Mais, quelquefois, ma mère fait quelque chose qu'elle ne devrait pas faire et que je déteste : elle entre dans ma chambre sans frapper, sans prévenir, alors que je suis en train de raconter une histoire.

— Voyons, Zana ! s'exclame-t-elle. Qu'est-ce que ça veut dire ? Tu parles aux murs, à présent ?

Non, je ne parle pas aux murs ! C'est faux ! Et je ne parle pas toute seule : je parle à Dritan.

Et si je lui parle, c'est justement pour ne pas devenir folle. Sans lui, je ne sais pas ce que je deviendrais. Mais je ne veux pas le dire à ma mère.

Comment pourrait-elle comprendre ? Et, surtout, comment pourrais-je lui expliquer ? C'est si difficile…

Dritan est mon meilleur ami. Mon seul ami. Je n'aime parler avec personne d'autre parce que personne d'autre ne sait m'écouter comme lui.

À l'école, les autres n'aiment pas jouer avec moi parce que je ne parle pas bien la langue d'ici. Je n'ai jamais eu envie de l'apprendre, c'est toujours pour moi une langue étrangère.

Les autres me trouvent donc ennuyeuse. Tant pis pour eux! Je le leur rends bien! Je leur tourne le dos...

C'est pour ça que je reste seule la plupart du temps. Alors, je fais appel à Dritan qui, lui, comprend ma langue. Il vient toujours quand je l'appelle. Je discute longuement avec lui, mais en cachette, pour qu'on ne se moque pas de moi.

Personne d'autre que moi ne le connaît. Ni mes camarades d'école ni même ma mère. J'attends toujours d'être seule avant de l'appeler.

Lorsque je suis sûre que personne ne me regarde, que la porte de ma chambre est fermée ou que le coin de la cour de récréation où je me trouve est désert, je m'assois face au mur.

Le menton sur la poitrine, les mains sur les oreilles, je ferme les yeux et chuchote doucement :

— Dritan, Dritan, es-tu là?

Et Dritan vient. Comment fait-il pour que personne ne le voie? Je ne sais pas. Tout ce que je sais, c'est qu'il est là devant moi, subitement, et qu'il me sourit. Lui, il sait me consoler.

Vous pouvez bien rire, vous pouvez bien dire qu'il n'existe pas, mais moi, je sais que ce n'est pas vrai. Au contraire, Dritan est plus vrai que tout le reste! C'est vous qui n'existez pas!...

La première fois que ma mère m'a surprise en train de parler avec Dritan, elle a simplement eu l'air étonné. Elle m'a dit:

— Voyons, Zana! Qu'est-ce que ça veut dire? Tu parles aux murs, à présent?

Puis elle m'a regardée d'un air triste avant de sortir de ma chambre.

La deuxième fois, elle a crié après moi en disant que j'étais folle et que j'inventais des histoires, que je devais

cesser tout de suite, que j'allais la rendre folle, elle aussi...

Je n'ai pas compris cette violence. Est-ce qu'elle m'en veut d'avoir un ami alors qu'elle n'en a pas?... Et si elle allait attraper Dritan, le chasser?... Je dois être encore plus prudente.

La troisième fois, elle n'a pas ouvert la bouche. Elle m'a longuement regardée, en silence, et j'ai vu ses yeux se remplir d'eau salée. Puis elle est repartie. Elle a pleuré tout l'après-midi.

Je sais bien ce qui se passe. Elle croit que Dritan n'existe pas, que je l'ai inventé. C'est ce que tout le monde croit. Tout le monde croit que je suis folle, ma mère comme les autres. Mais je sais bien qu'il existe, moi, puisqu'il est là !

Seulement, il est invisible…

2

Les sirènes

Il y a longtemps que j'habite au Canada, mais je n'y suis pas née. Je viens d'un autre pays. Je l'ai un peu oublié, j'étais trop jeune quand je suis partie. Je crois que je ne savais pas encore parler.

Mon plus ancien souvenir est vert. Il y a des collines avec des maisons blanches et des toits rouges, et tout autour, c'est comme un océan tout ondulé de vert, avec du soleil par-dessus.

Quelquefois, quand je revois ce vert dans mes rêves, je me sens bien, apaisée. J'ai l'impression d'être toute propre. Mais, avec le temps, le vert devient de plus en plus pâle, de plus en plus transparent, et les images me viennent de moins en moins souvent…

Dans la réalité, ça s'est passé différemment. Le pays a changé. Le vert est brusquement devenu sombre, sale, et il y a eu beaucoup de bruit. Tellement de bruit que, la plupart du temps, je devais garder les mains sur mes oreilles pour ne rien entendre.

Mes souvenirs sont très flous, aujourd'hui, mais ça commençait toujours de la même façon : les sirènes se mettaient à hurler, au beau milieu de la nuit. Ce bruit me faisait horriblement peur, car je savais ce qu'il voulait dire. Je savais ce qui allait arriver…

D'un seul coup, tout le monde se levait, s'affolait. Les gens criaient, piaillaient, couraient dans tous les sens. Il y avait des coups sur les murs, sur le plafond, comme si les sirènes avaient réveillé des esprits frappeurs et malveillants...

Je me dressais dans mon lit et me mettais à crier, moi aussi, et à pleurer. Mais on ne m'entendait pas, à cause du vacarme des sirènes.

Puis ma mère arrivait et m'arrachait brusquement à mon lit. Elle me prenait dans ses bras et je criais de plus belle. Je n'y voyais rien, je n'y comprenais rien. J'avais tout juste le temps de saisir ma poupée par les cheveux.

Ma mère ouvrait la porte et se jetait dans les escaliers. Comme tous les voisins faisaient la même chose en même temps, la cavalcade commençait dans la panique.

Nous descendions en courant dans une bousculade indescriptible. Il

faisait noir, on se cognait partout, mais personne ne se risquait à allumer. C'était interdit, disaient les gens. Et dangereux...

Nous trébuchions dans ce tumulte effrayant. Des vieillards tombaient et se faisaient piétiner ; des enfants aussi. Puis d'autres les aidaient à se relever et ils repartaient de plus belle...

Après une course effrénée pleine de bruit et de fureur, nous allions nous réfugier à la cave, dans l'obscurité, dans le froid et l'humidité des vieilles pierres. Alors, seulement, on pouvait allumer quelques lampes.

Je reconnaissais les visages épouvantés des voisins. Des femmes pleuraient, des enfants hurlaient. Le visage fermé, les hommes serraient les poings et ne disaient rien.

La cave ressemblait à un cachot et j'avais peur de ne plus pouvoir en sortir. Ma mère s'adossait contre le mur et moi, pelotonnée sur ses genoux,

je serrais ma poupée contre ma poitrine, comme si ma vie en dépendait.

De l'autre côté, près de la porte, un homme écoutait, aux aguets. Ce devait être mon père. Cela ne suffisait pourtant pas à me rassurer.

Et puis, tout à coup, au plus profond de l'ombre, il y avait une paire d'yeux qui me souriait. Deux yeux noirs et profonds, réconfortants...

Des yeux qui brillaient comme l'espoir au fond de la nuit, des yeux qui me rappelaient une présence amicale, protectrice. Mon cœur se calmait tout à coup... J'oubliais la peur. Étais-je la seule à voir ces yeux brillants ?

Je voulais me lever et me diriger vers ces yeux, vers leur lumière, mais ma mère me retenait d'une main de fer et m'empêchait de bouger. Puis elle relâchait son étreinte et me serrait dans ses bras en pleurant.

Ensuite, un nouveau bruit se faisait entendre. Un bruit qui éteignait les yeux, un bruit qui faisait taire tous les cris. Il était moins aigu que celui des sirènes, mais tellement plus profond, tellement plus effrayant...

Au début, ce n'était qu'un grondement sourd, un grondement lointain, mais il se rapprochait comme un galop sauvage et devenait de plus en plus fort. Bientôt, il faisait trembler les murs de la cave et nous pénétrait jusqu'à la moelle...

Et puis, couvrant ce rugissement de monstre souterrain, des explosions éclataient soudain en série. Le sol se mettait à trembler, la panique était à son comble. Quelqu'un hurlait :

— La maison va s'écrouler ! Nous allons être enterrés vivants !

Ma mère se recroquevillait sur le sol, contre un des murs, et elle essayait de me protéger du mieux qu'elle pouvait en me cachant dans ses vêtements.

Le bruit se poursuivait toute la nuit. Il y avait des déflagrations continuelles qui résonnaient sourdement et faisaient vibrer la pierre. Des nuages de poussière grise tombaient du plafond, comme si celui-ci allait s'effondrer sur nous d'un moment à l'autre.

Ma mère me serrait tellement fort contre sa poitrine que je pouvais à peine respirer. Malgré cela, j'avais l'impression que le bruit traversait son corps tiède pour envahir mes oreilles et frapper sans relâche sur mes tempes.

Puis les détonations s'espaçaient, s'éloignaient de plus en plus. Les vrombissements s'apaisaient, les sirènes se taisaient. Et, bientôt, c'était le silence. Un silence de mort...

3

L'exil

Un jour, mon père a disparu. Il est parti, comme d'autres hommes du village, sans que je sache ni où ni pourquoi.

Je ne me souviens même plus de son visage. Je me souviens seulement que je me suis retrouvée seule avec ma mère...

Soudain, il y a eu un grand vide en moi. Pas seulement le vide provoqué par l'absence de mon père. Un autre vide, sombre et profond, douloureux, sur lequel je n'arrivais pas à mettre de nom...

Je ne sais plus ce qui s'est passé à partir de ce moment-là, car ma vie a perdu tout intérêt, tout point de repère. Il ne restait que la peur...

Le monde, autour de moi, était devenu fou. Beaucoup de maisons et d'immeubles avaient été détruits dans le voisinage.

Je les voyais par la fenêtre. Certains étaient restés debout, mais leurs façades arrachées, éventrées, ne révélaient que des appartements vides et ravagés.

Un autre jour, des soldats sont arrivés. Ils ont fait sortir tout le monde. Au loin, on entendait des grondements et des explosions qui semblaient se rapprocher.

Les soldats sont entrés dans les maisons. J'ai cru qu'ils allaient nous massacrer. Alors, prise de panique, je me suis mise à hurler et je me suis agrippée à ma mère.

Mais celle-ci a doucement caressé ma tête. Elle a dit que ces hommes ne venaient pas pour nous tuer mais pour nous emmener loin d'ici, dans un endroit où il n'y aurait plus de bruit ni de ruines.

L'un d'eux m'a souri et m'a prise dans ses bras, puis maman et moi sommes montées dans un camion et nous sommes parties très loin.

Nous avons roulé longtemps. Parfois, il fallait s'arrêter, descendre, puis remonter. J'étais toujours dans les bras de ma mère, qui me serrait contre elle comme son bien le plus précieux. Moi, je n'avais avec moi que ma poupée...

Il y avait beaucoup d'autres gens comme nous, dans d'autres camions. Tristes, désespérés. Nous sommes enfin arrivés dans une sorte de camp, avec des tentes dressées dans la poussière. Où? Je ne sais pas.

Nous avons dormi dans les tentes. Les soldats, et d'autres personnes venues avec eux, nous ont donné à manger et distribué des médicaments. Il y avait de grandes croix rouges dessinées sur leurs camions. Ils ne parlaient pas notre langue.

Puis nous avons dû remonter dans les camions et nous sommes repartis. Maman a dit que nous venions de traverser la frontière. Je n'ai pas compris ce mot.

Je croyais que les soldats nous ramenaient chez nous, mais je me trompais.

Il n'y avait pas de maisons à l'endroit où l'on nous conduisait. Il y avait des avions. Des avions blancs, très grands. On nous a fait monter dedans. Le voyage a duré très longtemps.

Au début, j'ai crié car l'avion faisait le même bruit que ceux que j'entendais dans la cave. Sa carcasse tremblait, je croyais qu'il allait s'ouvrir comme les maisons en ruines près de chez moi, et que nous allions tomber dans le vide. De nouveau, j'étais pétrifiée d'horreur.

Mais ma mère m'a bercée. Elle m'a expliqué que ce n'était pas le même bruit du tout. Que nous allions revivre dans un pays neuf.

C'est ainsi que je suis arrivée au Canada, seule avec ma mère.

Il n'y a pas de bruit, ici. Pas de sirènes. C'est comme un grand désert glacé, surtout en hiver, où tout est blanc, tout est silencieux. Trop, même. Souvent, le silence de ces espaces infinis m'effraie…

Au début, il m'arrivait de m'éveiller brusquement, au milieu de la nuit, à cause d'un bruit semblable à ceux d'autrefois. Ma mère accourait aus-

sitôt dans ma chambre et me rassurait d'une voix douce :

— Rendors-toi, Zana. Ce n'est rien. C'est seulement la sirène d'un camion de pompiers...

Je sais maintenant que les sirènes, ici, ne sont pas dangereuses. Elles ne vont pas nous précipiter dans la cave et les murs ne vont pas trembler. Mais j'en ai peur quand même. Je crois que j'en aurai toujours peur...

Un jour que tout était blanc dehors, blanc et froid, et qu'il n'y avait pas un bruit, je me suis sentie terriblement seule. Ma poupée n'était plus suffisante… Je me suis mise à pleurer dans le silence glacé, allongée sur mon lit.

Alors j'ai rêvé d'avoir un ami. Un ami qui m'aiderait à vivre dans ce grand vide blanc… J'ai voulu lui inventer un nom, mais ce n'était même pas la peine. J'en avais déjà un dans la tête, tout prêt. Je me suis mise à l'appeler, tout doucement :

— Dritan, Dritan…

J'ai répété ce nom longtemps, comme une chanson douce dont j'aurais oublié toutes les paroles, sauf celle-ci :

— Dritan, Dritan…

Tout à coup, j'ai cru entendre un bruit léger. Je me suis relevée sur mon lit. La nuit était tombée, ma chambre était sombre. Personne…

J'ai appelé encore :

— Dritan, Dritan…

Immobile, retenant ma respiration, j'ai scruté les ténèbres de ma chambre. Et, soudain, je l'ai vu!

C'était lui, assis contre le mur! Son visage était pâle mais ses yeux noirs et profonds, réconfortants. Je l'ai reconnu tout de suite. Il me souriait.

Dritan!

Depuis ce jour, chaque fois que la solitude est trop dure à supporter, chaque fois que je n'en peux plus d'être seule, que je n'en peux plus d'être triste, je l'appelle.

Et, chaque fois, sans que j'aie pu voir par où il est venu, il se trouve près de moi et me sourit. Il m'écoute...

4

L'école

Le temps a passé et c'est ici que je suis devenue grande, dans ce pays qui est quand même encore trop grand pour moi.

Pour ne pas m'y perdre, j'ai toujours gardé ma poupée, et j'ai toujours parlé ma langue d'origine avec ma mère. À la maison, nous n'en parlons aucune autre. Et c'est aussi la langue de Dritan…

Mais j'ai dû également apprendre la langue d'ici.

Et puis, il a fallu que j'aille à l'école.

Je déteste l'école. Au début, je ne comprenais pas bien ce que me disaient les gens, mais comme je ne voulais pas qu'on me prenne pour une idiote, je faisais semblant.

Je disais oui. Je disais oui à tout. Les gens s'imaginaient que j'étais niaise!... Ils le croient toujours. Même depuis que j'ai changé d'école.

Dans la cour, le premier jour de classe, je reste à l'écart. Des élèves de mon groupe s'approchent et me demandent qui je suis, d'où je viens.

Sans un mot, je tends le bras dans la direction de la petite maison que j'habite avec ma mère.

Les élèves éclatent de rire. Leur rire me fait mal. Pourtant, si je leur disais le nom de mon pays, ça ne servirait à rien. Ils ne sauraient probablement pas où il se trouve...

J'ai donc décidé de ne rien dire, de ne pas leur parler. Je ne réponds pas non plus au professeur quand il m'interroge. Je reste les bras croisés sur ma table et je regarde droit devant moi, les dents serrées.

À la récréation, le professeur vient me voir dans la cour. Il pose la main sur mon épaule et me parle doucement. Moi, pendant ce temps-là, je regarde les autres élèves qui tournent autour de nous, à distance.

Ils ricanent et font bouger leur langue dans leur bouche, profitant de ce que le professeur ne les voit pas. Tous ne le font pas, mais je ne vois que ceux qui le font. Je ne sais pas ce que ça veut dire, mais je suppose que c'est méchant...

Je m'écarte du professeur et, aussitôt qu'il a tourné le dos, je pars en courant à l'autre bout de la cour, dans un coin où il n'y a personne. Je m'assois et me mets à pleurer.

Je me sens horriblement seule, mais je ne peux pas appeler Dritan. Il y a trop de monde par ici, il ne viendrait pas... Je sors ma poupée de ma poche et j'essuie mes larmes avec sa jupe.

La poupée est vieille, maintenant, et sa jupe est un peu sale. Elle a servi à essuyer tant de larmes!

Ma mère dit que la poupée sent mauvais et elle veut toujours la laver. Moi, je ne veux pas. Elle ne sent pas mauvais, c'est un mensonge. Elle a simplement l'odeur du temps d'autrefois, du temps où le monde était vert, les maisons blanches et les toits rouges...

Tandis que je continue à pleurer, la poupée contre ma joue mouillée, deux filles s'approchent de moi.

— Comment tu t'appelles? demande l'une d'elles.

— Zana.

Je veux bien dire mon nom, c'est le seul que je puisse prononcer correctement. Et puis, c'est joli : ça veut dire « fée ».

— Drôle de nom, reprend la fille avec une moue dédaigneuse. Et ta poupée, elle s'appelle comment ?

Ma poupée n'a pas de nom. Elle n'en a pas besoin puisqu'elle ne me quitte jamais. Je ne réponds donc pas.

Alors, la fille tend la main et essaie de l'attraper. Je fais un geste brusque et serre la poupée contre mon ventre.

La fille insiste. Elle s'agenouille près de moi et avance son visage près du mien. Tout à coup, elle renifle et s'écrie avec dégoût :

— Mais elle pue ! C'est ta poupée qui pue comme ça ? Ah oui ! je le connais, son nom. C'est « Pipi » !

Je me relève pour la gifler à toute volée, mais elle est plus rapide que moi et se sauve avec son amie. Toutes les deux ricanent et se mettent à

chanter en affectant de se pincer le nez :

— Zana et Pipi sont deux amies ! Zana et Pipi le font au lit !

Rapidement, les autres élèves se rassemblent autour d'elles en riant et tous reprennent à tue-tête :

— Zana et Pipi sont deux amies ! Zana et Pipi le font au lit !

Une fille essaie même d'arracher ma poupée. Debout au milieu du groupe qui m'entoure, je serre les poings et les dents. Mais je ne pleure plus parce que je ne veux pas leur montrer mes larmes.

Enfin, la cloche sonne et tous s'enfuient vers la porte de l'école. Quand j'y arrive à mon tour, traînant les pieds, les élèves sont déjà dans leurs classes et je me retrouve seule dans le couloir. Cette fois, je ne peux plus retenir mes larmes.

Mon professeur se montre enfin. Il me demande pourquoi je pleure comme ça. Il n'a rien vu ni entendu de ce qui s'est passé dans la cour. Tant pis ! Il n'avait qu'à être là ! Je ne veux pas lui parler. Je ne veux pas non plus retourner dans la classe.

Je passe la fin de l'après-midi dans une petite pièce où se reposent les enfants qui sont malades. J'attends que ma mère vienne me chercher.

J'attends surtout le moment où, seule et à l'abri des regards, dans la tranquillité de ma chambre, je pourrai appeler Dritan à mon secours.

5

Chombine

Le lendemain, je refuse d'aller à l'école. Je dis à ma mère que je suis malade. Ce n'est pas un mensonge. Je suis vraiment malade.

Je ne m'habille pas de toute la journée. Je ne sors même pas de ma chambre.

Pour oublier l'école, j'ai inventé un jeu. Un jeu rien que pour nous deux, Dritan et moi.

Ce jeu s'appelle « chombine ». Ne me demandez pas comment on y joue, je ne répondrai pas. D'ailleurs, ce n'est pas possible : chombine n'a pas de règles.

Il suffit que Dritan soit là pour que le jeu commence. Aussitôt qu'il apparaît, nous nous asseyons face à face, front contre front, main dans la main, les yeux clos.

Ensuite, je me mets à lui raconter des histoires qui le font rire. Des histoires d'enfants qui volent, d'éléphants qui font des claquettes ou d'oiseaux qui boivent du café en jouant aux cartes.

Dritan rit en secouant légèrement les épaules, sans faire le moindre bruit. C'est un peu comme à la télé quand on a coupé le son...

J'ai remarqué que c'est toujours moi qui parle. Dritan ne me répond jamais. Peut-être qu'il préfère m'écouter. Peu importe. Il me comprend, c'est l'essentiel. Il est là et m'écoute en souriant. Je ne lui demande rien d'autre.

Parfois, je lui parle de ma vie d'avant et des sirènes qui m'effrayaient tellement et qui me font toujours peur.

Dans ces moments-là, le sourire de Dritan s'efface, pendant un instant. Je ne vois plus que ses yeux. Deux yeux noirs et profonds, réconfortants. Il me semble que deux larmes coulent silencieusement le long de ses joues.

Alors j'arrête et je reprends mes histoires drôles, avec des ogres timides et des fleurs cannibales qui les mordent au talon quand ils traversent les plates-bandes. Et Dritan se remet bien vite à rire, en secouant les épaules, sans émettre un son...

Au moindre bruit suspect, je m'écrie « chombine ! »

Aussitôt, Dritan s'évanouit, comme l'image quand on éteint la télé.

Où est-il passé ? Derrière ma commode, sous mon lit, dans mes pantoufles ?

Je ne sais pas. Je ne sais pas comment il fait. Tout à coup, il n'est plus là, simplement, et si ma mère ouvrait la porte de ma chambre à ce moment précis, elle me trouverait sagement assise sur mon lit, en train de lire un livre.

C'est ça, le pouvoir de « chombine ». Protéger Dritan. Mais s'il s'agit d'une fausse alerte, je murmure :

— Dritan, Dritan...

Puis je regarde autour de moi. Et il est là, de nouveau, avec son inaltérable sourire.

Parfois, Dritan est simplement assis au pied de mon lit ; d'autres fois, il est à cheval sur mon gros hippopotame en peluche, ou encore il fait du trapèze sur la lampe du plafond.

— Voyons ! Dritan, dis-je d'un léger ton de reproche. Tu n'as pas honte de jouer ainsi comme un bébé ?

Tout à l'heure, justement, il était assis sur le rebord de la fenêtre, en équilibre. Le vent faisait bouger ses cheveux. Derrière lui, je ne voyais que des nuages gris.

Me précipitant vers la fenêtre, je me suis écriée :

— Dritan ! Es-tu fou ? Descends de là ! Tu risques de tomber, tu vas finir par te faire très mal. Te tuer, peut-être...

Ma mère est entrée à ce moment-là. Je ne l'avais pas entendue venir. Elle s'est arrêtée sur le pas de la porte et elle est restée bouche bée, comme si elle avait vu un éléphant rose danser sur une corde.

Elle n'a pas dit un mot, mais j'ai vu que les larmes allaient lui monter aux yeux. Vivement, j'ai refermé la fenêtre et je lui ai expliqué :

— Je parlais aux oiseaux...

Elle n'a fait aucun commentaire. Elle m'a regardée tristement. Puis,

quand elle est enfin repartie, j'ai vite rouvert la fenêtre. Mais il était trop tard! Dritan n'était plus là...

Je me suis penchée à la fenêtre, j'ai regardé en haut, en bas, sur les côtés... Rien! Pas la moindre empreinte en bas, sur le sol, pas la moindre tache de sang. Le ciel, lui, était vide.

J'ai voulu l'appeler, tout bas, mais des gens passaient dans la rue, et je n'ai rien dit.

Quelques oiseaux sont passés à tire-d'aile, devant la fenêtre, rapides comme des avions. Je n'ai rien osé leur demander. Est-ce qu'on parle aux oiseaux?

Alors, j'ai rentré la tête dans ma chambre et j'ai fermé la fenêtre. Quelque chose me dit, obscurément, qu'il ne reviendra plus...

La disparition de Dritan remue en moi quelque chose de très profond. Une angoisse énorme que je croyais presque avoir oubliée et qui commence à remonter dans mon estomac. J'ai horriblement mal au ventre...

Sans Dritan, je sais que ma vie n'aura plus aucun goût. Je pourrais essayer de le rappeler, bien sûr, mais j'ai tellement peur qu'il ne revienne plus que je n'ose rien tenter.

Je reste couchée jusqu'au soir. Je refuse même de manger. Je n'ai plus faim. Je n'aurai plus jamais faim.

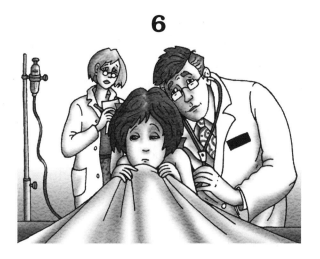

6

Les blouses blanches

Comme je ne mangeais plus et que j'avais beaucoup maigri, on m'a emmenée à l'hôpital.

Un médecin m'a examinée, puis un autre, et un troisième. Ils ont pris ma température, m'ont mesurée, pesée, regardée sous toutes les coutures, et m'ont finalement couchée dans un beau lit blanc.

Puis ils m'ont placé toutes sortes d'électrodes sur les bras, sur le front et sur le ventre. Ils les ont branchés sur de petites télévisions où il n'y avait rien à voir, sauf des lignes brisées et des pointillés.

Ils ont regardé bouger les aiguilles et ont écouté les bip-bip qui sortaient des machines. Mais ils n'ont rien trouvé.

Ils ont dit à ma mère :

— Cette enfant n'a rien.

Ma mère a soulevé les bras dans un geste d'impuissance et d'incompréhension, avec l'air de dire : « Et pourtant... »

Alors, les médecins ont déclaré qu'ils allaient me garder encore un peu pour faire d'autres examens.

Les pauvres ! Ils peuvent toujours chercher ! Ma maladie n'est pas de celles qu'on mesure. Elle n'est pas causée par un microbe qu'on peut apercevoir avec un microscope ni par un poison que j'aurais avalé par mé-garde.

Ma maladie, elle est due à Dritan. À l'absence de Dritan, plus exacte-ment. Ce n'est pas une maladie, c'est un trou noir...

Je suis donc restée à l'hôpital quel-ques jours. Chaque matin, des blouses blanches tournaient autour de moi et prenaient ma température, mon pouls, ma tension...

Elles veulent savoir si j'ai trop de sucre dans le sang, ou pas assez. Elles essaient de faire des dessins de mon cerveau avec des appareils com-pliqués ; mais les appareils, comme des enfants malhabiles, ne font que dessiner des montagnes en dents de scie sur un papier quadrillé...

Je me demande ce que les blouses blanches feraient de Dritan si elles réussissaient à l'attraper. Est-ce qu'elles essaieraient de l'ouvrir pour voir ce qu'il y a dedans ?

On ne sait jamais. Aussi, je me garde bien de parler de lui. Les blouses blanches n'en sauront rien...

Finalement, on m'a renvoyée de l'hôpital. Mais je n'en avais pas fini pour autant avec les blouses blanches. Chaque semaine, il y en a une qui vient à la maison me poser des questions.

Cette blouse blanche s'appelle madame Denise. Elle me donne des pilules et des cachets, puis elle me demande :

— Eh bien, Zana, comment vas-tu aujourd'hui ?

C'est une question idiote. Elle le voit bien, comment je vais. Mal ! Je ne lui réponds pas. Je ne remue même pas les paupières. Mon regard est fixe.

— N'as-tu rien à me raconter, Zana ? reprend-elle

Non, je n'ai rien à lui raconter, à madame Denise. Le seul à qui je voudrais parler, c'est Dritan.

Alors, madame Denise me dit :

— Veux-tu me faire un dessin ?

Un dessin, je veux bien. Je prends le papier et le crayon qu'elle me tend et je dessine deux yeux dans le noir. Deux yeux noirs et profonds.

Madame Denise prend le dessin, le regarde attentivement, le tourne et le retourne. Elle soupire. Puis elle dit :

— Ce sont des yeux ?

Une autre question idiote ! Ça ne se voit pas, que ce sont des yeux ? Ce sont les yeux de Dritan. C'est tout ce qui me reste de lui...

Mais Dritan ne vient plus. Il y a trop de monde qui va et vient dans cette chambre.

Je crois même qu'il ne viendra plus jamais. Il doit me détester, maintenant. Il croit peut-être que c'est moi qui l'ai fait tomber par la fenêtre !

Parfois, j'ai envie de hurler. Envie de crier à ma mère ou à madame Denise :

— Cessez donc de m'embêter ! Je ne veux pas de vos questions ni de vos appareils ! Je ne veux pas de vos yeux tristes, de vos paroles mielleuses. C'est Dritan qu'il me faut, c'est lui que je veux !

Mais les mots restent gelés dans ma gorge. Ils y font une grosse boule qui me fait mal et me donne envie de pleurer.

Je ne veux pas leur parler de Dritan. Dritan est à moi, à moi toute seule. C'est ma vie, mon seul espoir dans ce pays silencieux et blanc. Je ne veux pas qu'on me le prenne! Qui sait ce qu'ils en feraient?

Alors, je reste désespérément seule sur mon lit, maigre comme un crayon, blanche comme une blouse d'hôpital, blanche comme la neige dehors… Je ne réponds plus à personne.

D'ailleurs, j'ai décidé que je ne parlerai plus. Ni la langue d'ici ni aucune autre. À personne…

La nuit, je rêve de sirènes et de fuite dans des escaliers sombres, je rêve de caves obscures et de grondements incessants…

Ma tête me fait de plus en plus mal.

Les jours passent, fades, monotones, sans que j'aie envie de les compter. Plus rien ne m'intéresse…

C'est affreux. Je ne crois même plus à Dritan…

7

La rencontre

Et puis, tout a basculé.

Ma mère, que j'ai toujours vue triste et apeurée, était dans un état d'excitation extrême quand elle est entrée dans ma chambre ce matin.

Cela faisait plusieurs jours que j'ouvrais à peine les yeux, que je ne me nourrissais que de quelques cuillerées de soupe insipide et de comprimés qu'on me faisait avaler de force.

Ma mère était transfigurée. J'avais même l'impression qu'elle avait grandi. En tout cas, elle ne se tenait plus voûtée comme une petite vieille.

Elle s'est penchée sur moi et m'a regardée. Ses yeux me paraissaient tout neufs, brillants, brûlants de vie!

Pour une fois, elle ne m'a pas demandé comment j'allais. Elle a simplement murmuré, avec un tremblement dans la voix :

— Ils vont venir !

De qui parlait-elle ? De nouvelles blouses blanches ? Que va-t-on faire de moi ?

Madame Denise aussi a changé. Elle me sourit, mais pas comme avant. Elle me sourit comme si j'étais guérie. Que se passe-t-il ? Qui va venir ?

J'ai un peu peur...

Pendant les jours qui suivent, une étrange agitation règne dans la maison. Maman nettoie, range, déplace des meubles. Je suis inquiète mais, en même temps, sa fébrilité me gagne peu à peu.

Je fais semblant de ne pas m'intéresser à ce qui se passe autour de moi. Pourtant, la curiosité me dévore. J'arrive à manger un peu. Je sens que quelque chose de vrai va enfin m'arriver, je sens que la vie bouge autour de moi…

Puis les semaines passent, longues, lentes, et l'attente devient intolérable. Ma mère est souvent absente, ou bien elle passe des heures au téléphone, ou elle remplit de mystérieux papiers qui semblent parfois la décourager.

Je n'en peux plus. Ma solitude me tue. Seule dans ma chambre, j'ai envie de hurler :

— Dritan !

Et puis, un matin, j'entends du bruit dans l'entrée. Des pas, des murmures étouffés. J'entends, de l'autre côté de la porte de ma chambre,

comme un mystérieux conciliabule. Que se passe-t-il?

Je m'assois péniblement sur mon lit, l'oreille aux aguets. La tension est extrême; j'ai l'impression que mon cœur va éclater...

Enfin, la porte s'ouvre lentement et quelqu'un pénètre dans la chambre. C'est un garçon. Un jeune garçon. Il a l'air un peu plus vieux que moi, mais il n'est guère plus grand.

Il est maigre et semble extrêmement fatigué. Pourtant, malgré ses traits tirés, ses grands yeux noirs me regardent doucement et me transpercent jusqu'au cœur.

Je suis bouleversée ! Je connais ces yeux, même si je croyais les avoir oubliés ! Je les reconnais maintenant, ces yeux noirs et profonds qui brillaient dans la cave au plus fort des bombardements...

Surmontant ma faiblesse, je me redresse, comme mue par un ressort, et je m'écrie :

— Dritan !

8

La lumière

Ma mère m'a tout expliqué.

Quand nous avons quitté notre pays en proie aux bombardements et à la guerre, quand les soldats d'ici nous ont emmenées, elle et moi, mon père était introuvable.

Il avait été pris et fait prisonnier. Mais il n'était pas seul. Il se trouvait avec mon frère aîné, Dritan.

De ce frère, il ne m'était resté que le nom, ainsi que le sourire qu'il m'adressait, à moi, sa petite sœur, en se penchant au-dessus de mon lit, et ses grands yeux noirs et profonds. Ces yeux qui me réconfortaient, dans la cave, pendant les bombardements…

Ma mère, sans aucune nouvelle d'eux, les avait crus morts dans un camp de prisonniers.

Afin de me protéger, elle avait gardé toute cette tragédie pour elle. Elle ne voulait pas que je souffre à cause de la disparition de mon père et de mon frère. C'est pourquoi elle ne m'en avait jamais parlé.

Pourtant, le nom de Dritan était resté en moi, enfoui très profondément. Si profondément que j'avais cru, plus tard, l'inventer de toutes pièces.

J'ai demandé à maman :

— C'est donc pour ça que tu pleurais quand tu m'entendais prononcer le nom de Dritan, quand tu m'entendais lui parler ?

— Oui, a-t-elle avoué dans un soupir. Ça me fendait le cœur de voir que tu avais gardé le souvenir d'un frère que je croyais perdu à jamais

— Mais pourquoi ne m'en as-tu jamais parlé ?

— Je voulais effacer le passé, répond ma mère. Je voulais que tu oublies toutes ces horreurs, que tu oublies la peur. Je voulais que tu te refasses ici une vie neuve, une belle vie.

Je n'ai donc pas inventé Dritan. Mon frère a toujours été là, près de moi, au fond de moi. Mon meilleur ami, le meilleur ami du monde !... Et il est revenu, en chair et en os.

Des soldats les ont retrouvés, lui et mon père, lorsqu'ils ont délivré les prisonniers d'un camp qu'ils venaient de libérer.

Cela a été un long voyage. Comme nous, ils ont passé des frontières, pris des avions, affronté des tonnes de papiers à remplir. Mais ils sont là, en-fin.

J'ai recommencé à parler, à manger. À vivre. Maintenant, quand je parle avec Dritan, personne ne croit que je suis folle !

Je n'avais donc pas inventé toutes ces histoires.

— On n'invente jamais les his-toires, m'a dit mon frère. On se sou-vient, c'est tout.

Puis il m'a expliqué ce que veut dire son nom dans notre langue : il signifie *lumineux*.

Et Dritan le porte à merveille.

Table des matières

Laurent Chabin

Moi aussi, je viens d'un autre pays, même si je vis au Canada depuis longtemps. Je n'ai pas connu les mêmes problèmes que Zana et je me suis adapté aisément. Mais ce n'est pas facile pour tout le monde, surtout quand on a dû abandonner son pays déchiré par la guerre. C'est pourquoi j'ai écrit cette histoire.

Collection Papillon